MES

ÉTRENNES

A

1829,

POËME LIBRE EN DEUX CHANTS;

PAR

M. DESTRAVAULT,
ANCIEN MAGISTRAT,
Dont les œuvres, vers et prose, en huit volumes, sont en souscription.

...... Ornez vos fronts, vos gîtes,
Au profit d'autres arts emplissez vos marmites;
N'ôtez du superflu qu'à votre or en lingots,
Du pauvre pour laisser moins creux les petits pots.

A PARIS,
CHEZ L'AUTEUR,
RUE DES FOSSÉS-SAINT-JACQUES, N° 4,
ET CHEZ TOUS LES LIBRAIRES.

1829.

MES

ETRENNES

A 1829.

IMPRIMERIE D'A. BÉRAUD,
RUE DU FOIN-S.-JACQUES, N° 9.

SOMMAIRE.

Gémissement sur le passé. — Notre peu de durée. — Revue sous ce rapport des diverses classes de la société. — Quelques traits de la vie pastorale. — Prestige des beaux cercles; leur analogie avec le théâtre, avec Salomon; ce qu'ils ont d'estimable; conseils pour leur perfection. — Grands principes de guerre. — Fin de l'homme : réfléchir le bien suprême. — Elémens de société. — Cherté du pain. — Charité. — Le commerce. — Début et fortune des Auvergnats en France. — Luxe de quelques bureaux, de certains comptoirs; ses avantages pour le commerce. — La vertu prévient ou essuie les larmes. — Desseins de Dieu sur l'homme : ses devoirs, liberté, récompense, présence de Dieu, dévouement au bien public. — Qu'attendons-nous de 1829? — Ce zèle; moyens de le répandre. — Obstacles; mauvaise foi; arbitraire. — Liberté légale, appui des lumières; Dieu les veut, elles éclairent Charles X; effet de leur absence chez Don Miguel. — Enseignement; charte; ses avantages; ses contradicteurs. — Craintes du clergé; erreur. — Les Français très-favorables au clergé constitutionnel; son intérêt, son devoir; ses dangers, au contraire. — Absolutisme de Don Miguel. — Aux sceptiques. — Prix de la vertu, de la grâce; prosélites infaillibles par la voix constitutionnelle; indisposition contre elle dément toute vertu. — Prix de la croix. — Distinction entre l'Église et le Clergé. — Tolérance, ordre de Dieu. — Charte, libre arbitre. — Pouvoir et droits du Saint-Siége. — Cultes aux frais de l'État. — Foi philosophique; ses preuves. — Hypocrisie, sa folie. — Don Miguel; leçon aux puissances. — Autorité divine de la croix; la subir, religieuse ou non.

PREMIER CHANT.

Accueille mes saluts, ô dix-huit cent vingt-neuf,
A tes heureux amours; n'en deviens jamais veuf!
Dans le moindre climat, d'un petit coin de terre,
J'ouvre à peine les yeux; j'y pleure une main chère.
Temps, déroule ton voile; étale, du passé,
Le trésor d'os, de chair, sous ta main amassé.
Tu n'as pas épargné la rose printanière,
De quels héros tes pieds foulent la carrière!
Ta faulx, des potentats à ta voix couronnés,
A dissipé l'orgueil; compte les détrônés.
Ces vertus à l'autel, ces vierges dans leur cloître;
Ces époux dont l'amour commençait à s'accroître;
Mère, ce rare fils, de tes beaux ans l'orgueil;
Ta fille, ton image, de tant d'amants l'écueil;

Guerriers, héros, docteurs, mylords, comtes, marquises,
Ces heures qu'il donna, le temps les a reprises;
Bergers, plus de guérets, où béliers et brebis,
Que régalait le sel fondu sur leur pain bis,
Bondissaient, ou paissaient le sain-foin, la luzerne,
Tandis que les guêtait le gardien qui les cerne ;
Buissons touchans, côteaux fleuris, puis effeuillés ;
Beaux sites qui teniez nos yeux émerveillés;
Quel rang occupez-vous dans l'humaine mémoire ?
Qui vous a vus de ceux qui liront votre histoire ?
Adieu plaisirs goûtés sur votre vert gazon !
Bergers, vous y plaisiez sans éclat, sans blason ;
Là, le plus matinal, armé de sa houlette,
A rejoint, par hasard, Laure, sa bergerette.
On se voit, on s'aborde, on se boude, on se craint ;
Leur innocent amour, de leur rougeur empreint,
Dégénère en dépit, devient un badinage ;
Leur cœur en est ému, mais leur âme est si sage !
Familiarisés, revenus de leur peur,
Des chagrins de leur âge ils content la douleur.
L'éclat du jour élève au ciel cette harangue,
Entretien des grands cœurs, noblesse de la langue ;
Et leurs simples discours à Dieu font plus d'honneurs
Que l'encens précieux de brillans orateurs.
Un jour ils ont subi l'astre qui les dessèche ;
Au souper du logis l'appétit les dépêche.
L'étable unit en paix le dogue et les brebis.
Le sommeil des bergers remet sur le tapis,

A leurs yeux ; la beauté du jour qui fuit encore,
Lorsque d'un jour nouveau le coq chante l'aurore,
Leurs plaisirs vont renaître et charmer leurs travaux,
Jugés à la toison de leurs riches troupeaux.
Hélas ! le dernier jour a sonné leur retraite... ;
S'entr'ouvre l'avenir qu'à tous la mort apprête.
Même abîme engloutit ces cercles, vrais bazars,
Où le beau naturel est l'essaim de nos arts.
Ce salon éclatant, serait-ce un Capitole
Où l'orgueil, la fortune ont leur commune idole !
Mécanismes parlants, la faveur de Plutus
Les doua des attraits dont on pare Janus.
Leur domino brillant séduit à la lumière ;
Sa chute au logis brave, en vain, la chambrière.
D'où le proverbe suit, malin mais indiscret :
Tout prestige s'éclipse aux yeux de son valet.
Le théâtre beau cercle, et cercle vrai théâtre ;
La foudre y pleut la paix, le poltron veut s'y battre ;
Qu'on y brille, il le faut, c'est la gamme à tout prix ;
Le suicide en l'âme, et sur le front les ris,
C'est la scène, et chacun qui s'y met en spectacle,
De l'art des dominos a produit le miracle.
Les planches...? la coulisse...? il n'importe pour vous ;
Singe à l'envi, jouez, surtout amusez-nous :
Masques, fardez vos fronts, vermillonnez vos charmes,
Et du luxe, soldats, ne mettez bas les armes
Que lorsqu'enfin la Parque a mis à l'unisson
Le prince, le poète, et manœuvre et maçon.

Officieuse terre, au fond de tes entrailles,
Tu confonds les métaux et leurs minces limailles;
Des hommes le dernier a rang parmi les Dieux,
Si, sous ses vils haillons, son âme vers les cieux
Donna l'exemple aux grands d'aspirer par ses œuvres
Méritoires, bien plus à travers les couleuvres.
Mais, selon Azaïs, la compensation
Dispense de bienfaits cette condition :
Tout a ses heureux sens exaltés dans l'ivresse,
Jusques en Salomon, faîte de la sagesse.
Les *métaux* animés ont, du juge éternel,
De leur utilité dans le monde, à l'autel,
Le prix qu'ils ont gagné, fixé d'après leur zèle,
A leur vocation ou volage ou fidèle.
Que nos regrets sur eux ne soient pas superflus !
Leurs travers pour leçons, aspirons leurs vertus.
Merveilles, voulez-vous que nos modestes classes
Possèdent à l'envi vos mérites, vos grâces ?
Dans les vôtres, fondez en diamant de prix
Ce que l'extérieur chez vous a de vernis.
Ah! qu'il vous est aisé; rois, sur vos domestiques,
Aspirez sur vos sens ces couronnes civiques
Que tressent les sujets à vos plus grands travaux,
Et livrez à vos cœurs de triomphants assauts.
Sous les armes, tournez leurs forces sur vous-mêmes;
Du Dieu fort sur vos fronts briguez le diadême.
Turenne est bien plus grand au pied du crucifix,
Que lorsque des Césars il emporte le prix.

Césars sous les drapeaux, Césars de la sagesse,
Votre âme, de vos sens héroïque maîtresse,
Touchez, gagnez le cœur de nos dignes Vestas,
Par vos vertus, seul comble à vos gloires, soldats!
Guerriers, froids à l'assaut, brûlants, après la brêche,
De rendre aux assiégés et la paix et la bêche,
N'enviez du butin, magnanimes vainqueurs,
Que l'amour de leur âme et la fin de leurs pleurs.
Générateurs heureux, sans angoisses des mères,
Disposez de nos jours, pour devenir nos pères;
Avec nous, réunis, instruments de salut,
Celui du monde entier soit votre unique but.
Tous en marche arrivons, chacun par notre route,
Par vos armes, nos arts, à la céleste voûte,
Commandés par l'amour: Dieu même et son agneau;
En nous aimant, suivons, arborons son drapeau.
A l'éclat, sous l'abri de ce céleste enseigne,
Qu'en sa sphère chacun le même prix atteigne:
La gloire des humains, pour la gloire de Dieu,
De tous le bien suprême, en tout sens, en tout lieu.
Comment y parviendra ton art, agriculture,
Ailé sur ce chemin, des mains de la nature?
Virgile te l'a dit; médite ses conseils,
Delisle, et ses leçons, à tes yeux vrais soleils,
A propos appliqués, nul sol qu'ils ne fécondent;
Dieu dans nos intérêts, tous leurs trésors abondent.
Nous leur devrons, sans doute, en l'an qui vient d'ouvrir,
Le fruit de tes travaux, au prix fait pour nourrir

L'opulent sans effroi, l'indigent sans murmures,
Et qu'on puisse solder, sans être sinécures,
De dix-huit cent vingt-huit, la moisson en écus,
Pour dix-huit cent vingt-neuf les promet à Bacchus.
Que je boive plus cher, je n'en bois que plus sage;
Mais que je paye moins le chanteau du ménage!
Le Ciel donne, promet les plus riches moissons,
Même, une ample vendange, et point de charançons.
Voilà que tout-à-coup l'abondance s'éclipse;
L'impôt boit notre vin; soleil d'apocalypse!
Pour bon argent comptant, j'aspire un doux espoir;
La rosée, au matin, nous promet un beau soir;
Pas du tout; le soleil s'enfuit par une averse,
Pain, promesses, bonheur: tout espoir se renverse!
Énigme dont le mot n'est pas très-loin de nous;
Les sages, par malheur, vont pâtir pour les fous!

Nos arts de la cité, mines de ces fortunes,
Par où l'Auvergne court du fond de cale aux hunes,
Soit que l'épis, le cuir s'émondent par sa main
Blanche dans l'âge mûr, noire en l'âge enfantin,
Soit que tous nos écus, accaparés en piles,
Fassent tirer d'un pied la langue aux *indociles*
Qui ne veulent trahir principes, ni devoir,
A profaner au monde un vénal encensoir,
Lorsqu'on voit déborder les caisses dévorantes
De nos ambitions, jamais trop opulentes,
Qui veulent te bâtir, Babylone, une tour
Inaccessible aux cris des besoins d'alentour;

Arts et professions, offerts en kirielle,
Dans Botin, aux lecteurs, sur une habile échelle,
Lequel d'aucun de vous borne à l'humain tarif
les profits calculés, en mer, de son esquif?
C'est trop juste : payons l'édredon, la soierie,
Qui si bien à la pâte, à l'huile se marie.
Puis-je, praticien, postuler au palais,
Si je n'en ai payé cent mille écus l'accès?
Cent mille écus! mon champ serait-il semé d'orge,
Que ma table en hiver de nos primeurs regorge;
Que la ferme où profite à son sol mon bétail,
Ait siéges d'acajou, les pavés de corail.
Mercier, si mes commis n'ont gilet de velours,
Le pâtissier, s'il n'est en percale à ses fours;
Si sa bru ne tient pas le comptoir en pelisse,
Manche bouffante au bras, cheveux, boucle en saucisse,
Oh fi! le mauvais ton; tous les chalans vont fuir.
Vers nos champs, nos écus, il faudra donc languir!
Erreurs, mes chers enfans; ornez vos fronts, vos gîtes,
Au profit d'autres arts emplissez vos marmites;
N'ôtez du superflu qu'à votre or en lingots,
Du pauvre pour laisser moins creux les petits pots!
Bien : chez vous, tout commerce entretient l'espérance
D'accroître son débit, signe de l'abondance;
Mais aussi, que le pauvre ait sa part au gâteau!
Sa bénédiction vous élève un château.
N'amoncelez pas l'or dans vos caisses rouillées,

Insensibles aux pleurs dont elles sont mouillées
Par l'orphelin, la veuve et le pauvre honteux;
Les soulager pour vous serait si peu coûteux!
Offrez-leur du travail, du pain, votre tendresse;
Supposez-vous en eux; c'est vous que la faim presse.
Pleurez sur vous, sur eux; pleurez, communs martirs,
Eux de vos duretés, vous de leurs longs soupirs!
Non, non, laissez leur mort vous outrer de leurs peines,
Ou l'affreux désespoir ensanglanter leurs veines.
Le besoin, sous vos yeux, les dessèche vivants:
Foulez leur cendre aux pieds, immortels survivans!
Hélas! soumis au ciel, essuyons tant de larmes;
Les chagrins, ô vertu! toi seule les désarmes.
De sa douce ambroisie, humains, enivrons-nous.
Sur les vices vaincus le sommeil est si doux!
Plus sur eux lui coûta le prix de la victoire,
Plus elle goûte en paix le bonheur et la gloire;
Nulle condition, nul lien, ni forts armés,
Des attaques du vice exempts d'être alarmés.
L'Agneau, loin de vouloir dispenser de leur guerre,
Nous appelle aux combats; c'est là qu'il faut lui plaire.
Le lâche vainement gémit de ce destin,
Et sans prix sollicite un facile butin.
Non, la justice (Dieu) n'accorde qu'au mérite;
Qui peut gagner la gloire est le seul qui l'habite.
Dieu dit: « voilà le crime et ses trompeurs attraits,
» La vertu, son haut prix, leurs délices si vrais.

» L'homme a le choix : la chair aux désordres l'entraîne ;
» Ma grâce à la raison le rappelle et l'enchaîne.
» Pleine est sa liberté vers l'une ou l'autre loi :
» Succomber à ses sens, ou les soumettre en roi ;
» Les flatter, leur victime, honteuse incontinence ;
» Les régler et les vaincre ; un Dieu pour récompense ! »
Le dessein d'attaquer déjà nous ouvre aux cieux
L'honneur à ses concerts, d'un membre harmonieux.
Ce concert est Dieu, l'ordre adaptés à ma sphère ;
De Dieu même abordons la noble carrière.
Philosophiste, cherche à quatre heures midi :
L'ordre à l'œil n'est pas Dieu palpable, approfondi !
Le feu se fait connaître à nos sens par sa flamme.
Le peu qu'ici j'écris décèle assez mon âme :
Eh ! l'essence de Dieu qu'exhalent tant d'esprits,
Les vertus, leurs attraits et vous qu'il a proscrits,
Vices qui seuls troublez le bonheur, l'harmonie,
Créés pour le seul homme, et que l'homme seul nie ;
Essence, âme à ma sphère, où mon être est plongé,
Tu ne serais qu'un mot ; l'erreur l'aurait songé !
Ce n'est pas, vil rebelle, une erreur que ce rêve ;
C'est l'audace des sens, qui contre l'âme endève :
Elle rejette un Dieu qu'ils se font des plaisirs,
Incapable qu'il est d'assouvir nos désirs.
Que le bonheur de tous enivre de leur joie ;
Avec Dieu, l'on croira les grandeurs qu'il déploie ;
Tu te rapprocheras de sa bénigne main,
Qui pardonne au géant et prend pitié du nain ;

Tu le reconnaîtras pour un Dieu, pour un maître ;
A qui tu dois l'amour ; le sien t'a donné l'être.
Que dix-huit cent vingt-neuf voudra-t-il donc de nous?
Qu'envers tous chacun soit ce qu'il voudrait de tous.
Que du verbe incarné la seule plume agile
Dise aux divers états mes voeux tout d'un dactyle :
Discrets pour vos besoins, ardents à vos devoirs,
Substituez le lys à tant de buissons noirs.
Affublons, il suffit, une règle commune
Au grison, à l'imberbe, à la blonde à la brune,
Aux sujets de Thémis, de Minerve et de Mars,
Même glace, un cheval, le sabre des Césars :
Même glace où mirer ses vertus et ses vices ;
Sabre, cheval vaillant aux sanglans exercices,
A la mauvaise foi pour livrer un assaut,
Contre ses bastions, plan de siéges nouveau.
N'espérez pas la vaincre en combat ordinaire ;
La paix la plus profonde est son signal de guerre.
De la ville et des champs, serpent, fléau cruel,
Elle étend son venin de la cour à l'autel.
Qu'elle fait beau semblant! à la voir, la bonne âme!
Pour votre hymen, tremblez à son épithalame.
Tous vos amis ont fui, vous ignorez pourquoi :
Ils ont prêté l'oreille à la mauvaise foi ;
N'accusez qu'elle alors si, chez votre adversaire,
Vous découvrez les pas de votre mandataire.
Son chef-d'œuvre n'est pas la disette du jour ;
Mais du pain elle rend le poids plus ou moins lourd :

Le pétrin est humide, il a sur chaque hémine
Au four laissé collés quelques brins de farine;
Bagatelle! deux grains, sur huit ou dix enfans,
Laissent la part au four, sans blesser les parens.
Professe en son métier, elle fait à la terre
Plus de funèbres dons que n'en sème la guerre;
Partout elle prolonge un défaut de santé;
Fertile est un séton sur le *tibia* hanté.
Faut-il que je la fouille au fond des pharmacies?
Dirai-je, dans les arts, ses ruses éclaircies?
Je gage que j'inspire à quelques beaux esprits
Un poëme au concours sur ses forfaits écrits.
Je leur cède mes yeux excédés de la suivre
Chez la plume, l'aiguille et tous ceux qu'elle enivre.
Si le monstre chez l'homme a trop étroit logis,
Irons-nous la guêter chez le chat, la souris?
La souris ne s'en fait qu'un jeu pour se défendre;
Pour l'égorger, le chat vers elle joue le tendre.
Pour notre honneur, chez nous, que de souris, de chats!
Le *jeu*, mort des sujets, ruine des états;
Tant de faibles moitiés, victimes de sauvages,
Trophées de cabaret, fléaux de leur ménage!
Du citadin tout brut, honteux, affreux défaut,
Dont ne sont pas exempts quelques gens comme il faut,
Ou comme il ne faut pas. — Du sujet je m'écarte:
J'en étais à la foi relief sublime à Sparte,
La mauvaise, j'entends, ce larcin du bonheur
Qu'il m'ôte, de ses lacs, en m'adressant l'honneur.

Singe, panthère, tigre et caméléon même,
Du dol à notre front laissent le diadême;
Ils suivent leur instinct. Nous, fiers de la raison,
De la mauvaise foi nous couvrons l'horizon.
Pierre d'achopement de nos législatures,
Quand te briserons-nous, arme des mains impures?
Fourniras-tu long-temps de nombreux échelons,
Qui font gravir la rûche à tes *probes* frelons,
Scrupuleux à casser comme à juger si justes?
A la postérité transmets leurs nobles lustres:
Offrons un prix, offrons, au grand législateur,
La palme, si du dol il est le destructeur.
Es-tu bien loin du but, DES LOIS, MON DIADÊME,
DES MOEURS MAGISTRATURE, évangile lui-même,
Evangile en pratique, aux cœurs approprié,
Qu'un jour accordera notre Dieu mieux prié,
De la foi si le globe, enfin devenu digne
D'en jouir sans réserve, a le bonheur insigne;
O tendre politique! à des enfans humains,
Mettre comme un joujou le bonheur dans leurs mains!
Eh! d'obéir, ôter à nos cœurs la fatigue.
A prévenir ses lois tout un peuple se ligue;
Non peuple ignare aux fers de tyran absolu,
Sans lesquels, dit l'erreur, nul espoir d'être élu.
Sur l'homme aucun humain ne puisse être arbitraire;
C'est tarir la génisse afin de mieux la traire.
Dieu fit l'homme un volcan qui pût se maîtriser;
Eteindre ses feux, c'est le désorganiser:

Vous le paralysez ! bel art d'apprendre à vivre.
Dieu si bon dans ses lois ! apprenez à les suivre.
Laissez à l'homme, au bien, plus d'intérêt qu'au mal;
Des animaux il est le moins sot animal.
Si le maître du Pinde a dit un mot contraire,
C'est que l'expérience accusait l'arbitraire :
L'enfant mal appris met le mentor à l'index ;
Comparez Grandisson au comte de Sussex.
Charles X sème autant de Fénélons en France
Par sa bonté, sa foi, sa royale prudence,
Que Miguel, à Lisbonne, alarme de vertus
Par la mauvaise foi, sa fabrique d'élus.
Prince, tu compromets des rois, de grandes âmes,
Pour la tienne, en secret, source de pures flammes :
A la chasse, au palais, d'intimes entretiens
Ont ouvert à ton cœur l'esprit des vrais chrétiens,
Qui, de la part des rois, sème les grands exemples,
Sacrés dans leur parole et non suspects aux temples.
Trônes, couronnes, gloire aux légitimes rois;
Honte de leur accès sur le tombeau des lois.
Des succès tout l'éclat cède à l'expérience,
Qui du ciel, tôt ou tard, signale la vengeance.
Si, dans l'histoire, un seul survit à son forfait,
Quel déboire en ce monde ! en l'autre quel bouquet !
Doux soleil de justice, astre d'enthousiasme,
De la mauvaise foi, préviens la lèpre, l'asthme !
Qu'elle cède, confuse au jour de la candeur,
L'espace empoisonné de sa perfide odeur.

*

Lancastre, séminaire et bancs polytechniques,
Un pacte! eh vos succès, parfaits évangéliques,
Des palmes, des lauriers, chez vos vainqueurs épris,
Fortune du commerce ont mis l'art hors de prix.
Il n'en restera plus de palmes au martire,
Encor moins de laurier au saumon pour le cuire;
Disette trop heureuse, et que l'on bénira
Plus de mille ans après que l'écho redira:
Hiérogliphes vains, nés pour la récompense,
Des vertus vos déserts signalent l'abondance!
Fortunés les pays où les fronts couronnés
Rendent vains vos enfers, mentors qui nous damnez,
Et qui divinisez vos luttes temporelles,
Au lieu de résonner, pieuses chanterelles,
Et l'amour de la Charte, et l'amour du sauveur,
Des Français, de la France, ordre, mérite, honneur!
De son modeste toit, ma muse solitaire
Prêche les citoyens, comme vous, de la chaire,
De s'aimer et d'aimer la loi commune à tous,
Qu'à nos rois inspira des verbes le plus doux;
Des verbes, divin souffle, âme de l'éloquence,
Dont l'amour de soi seul a subi la sentence:
Il ne souffre aux humains que l'intérêt public,
Egoïsme à tes yeux effrayant basilic.
Par vos ordres, ma muse au jeune âge proscrite,
Pourquoi vous déplaît-elle? aux vertus elle invite.
Hommage à la Dauphine, accens d'amour aux lois,
Font aux adolescens interdire ma voix.

Les élémens du trône, élémens salutaires,
Seraient-ils aux sujets des élémens contraires?
L'abri des lois ou non met-il en sureté ?
Au-dessus de la leur, quelle est l'autorité ?
Quel schisme scandaleux accuse l'évangile?
L'agneau même de Dieu s'y montre aux lois docile.
Examinez-vous bien : vous craignez que nos lois
Vous rendent plus que nous Siméons de la croix.
Vous craignez qu'à vous seul leur rigueur en impose,
Vous courbe sous leur poids, pour nous couleur de rose;
Que les reliefs soustraits aux modestes surplis,
Donnent aux rangs civils d'irréligieux plis ;
Qu'opposer aux dangers de l'énorme puissance,
Des digues que traça la longue expérience ;
C'est enfreindre vos droits, provoquer le néant,
Sur nos médiateurs vers le Dieu tout puissant,
Et nous réduire, un jour, animaux, charnels êtres,
Sans familles, sans Dieu, sans frein, sans roi, sans maîtres,
Libres sur vos débris, ivres sur vos tombeaux,
Des drames composés de vos traits les plus beaux !
Pusillanimité ! nos besoins de vos larmes,
Et contre nos travers, de vos soins, de vos armes,
Nous attachent à vous, dans la proportion
Que vous êtes zélés fils de la nation.
Nous nous aimons en vous qui pour nous tenez l'être ;
Qui pense à vous proscrire à ses intérêts, traître ?
Dissipez les erreurs dont vous êtes déçus ;

Contre elles écoutez les conseils de Jésus ;
Ils vous disent : les rois perdent à l'arbitraire ;
Légitime pouvoir assuré de nous plaire.
L'absolutisme semble un droit chez nous prescrit?
Un principe contraire en nos lois est écrit.
Les peuples sont mineurs; force réelle ou feinte,
Par le temps, à leurs droits ne peut porter atteinte.
Le ciel a balancé les droits des souverains
Et de tous les puissans, mobiles dans ses mains ;
Il a permis au peuple une plainte, un murmure ;
Leur médiateur est le droit de la nature;
Il inspire à ces rois d'appeler leurs sujets
A péser au sénat les principaux décrets,
Pour nous initier à l'art qui maintient l'ordre,
Au talent d'empêcher aucun abus d'y mordre.
Au pacte consacré, Dieu, son inspirateur,
Tes organes eux seuls refuseraient leur cœur !
Qui l'ose réclamer est sûr de leur déplaire.
Leur silence, leur voix lui font partout la guerre ;
Ils mettent à l'index le plus utile écrit,
Fût-il très-orthodoxe, écho de Jésus-Christ.
De guerre, non d'amour, chers pasteurs de nos âmes,
En elles, c'est souffler d'incendiaires flammes.
Tremblons, Pharisiens, du Dieu de Nazareth,
Que notre Dieu ne soit du temps quelqu'intérêt.
Entre quatre chameaux, deux à dia, deux à hue,
Trois placés devant ; un derrière la charrue ;
Admirable attelage, habile agriculteur !

Les vrais Français devant ; derrière, le flatteur !
En France esclave ou libre, en paix ou déchirée,
Proie d'injustes mépris ; justement admirée,
Il la flatte, il l'aspire, il en veut aile ou pied.
Honte ? gloire ? au parfait s'il se conserve entier !
Que de nos défenseurs on fusille l'armée ;
Au parfait. Pour mille ans, sa terre est affermée.
Ce rôle convient-il aux héros de Sion,
Illustres par la croix, grands par la passion,
Sujets dans la cité, monarques dans le temple,
Du respect pour nos lois, à citer pour exemple ;
Quel travers de leur cœur les éloigne du but ?
Intéret temporel, c'est toi, Béelzébut.
Ils ont, jour solennel, offert à leur patrie
Leurs premiers vœux sacrés aux pieds de Zacharie ;
Elle les a formés, de science pétris,
A grands frais, dans son sein, cultivés et nourris ;
D'elle, ils ont deux fois l'être, ils tiendront leur couronne ;
Ils devraient s'immoler pour ses droits, leur colonne.
Une cure, une mître ont ébloui leurs yeux ;
Ils oublient qu'à la terre ils ont fait leurs adieux.
Ces mots de Jésus, dieu du ciel son auréole :
LA CHAIR N'EST RIEN ; L'ESPRIT, LA VIE ET MA PAROLE,
Mots du grand Amiral à si petits vaisseaux,
Faits pour régler l'escadre, et jusqu'aux vermisseaux ;
Officiers préposés sur le tillac sublime,
Pour résonner ces sons, non vaine pantomime,

Montrez-vous pénétrés de leur sens si profond :
Des âmes doux soleil rayonne chaque front ;
Loin que rien de charnel altère vos pensées,
Les seules vérités soient par vous encensées.
Précepteurs, la leçon des rois, des moindres rangs,
Parlez, de par Jésus, amis vrais, amis grands.
Vos voix peuvent tonner leur son parabolique,
Jamais pharisien, moins encor politique.
Du sophisme doré les plus séduisans traits
N'ébranlent aucun droit appuyé sur des faits.
Fait qui succède à l'autre à bon droit le remplace,
Quel que soit du passé, jusqu'au présent, l'espace,
Surtout des nations, à leurs précaires chefs,
Qui, sur elles, jamais ne prescrivent en fiefs.
Anathéme à qui dit : « revenez sur vos pas ;
» Point de sermens sacrés ! notre âme n'y tient pas. »
Roi, l'image de Dieu, de ses vertus suprêmes,
Foule aux pieds tes sermens, jouets des diadêmes ;
A ce prix, *au parfait*, ta conduite de Dieu,
Tout vérité, vertus, est la gloire en tout lieu !
Pasteurs, y pensez-vous ? ma voix n'est pas suspecte ;
Mon cœur vous est voué, tout en moi vous respecte.
Mais, pour vous, familier, le précepte divin :
De vos droits sur nos cœurs la généreuse fin
Commence où ceux de Dieu signalent leur empire,
Et règlent nos liens ; tous autres sont délire.
De là ce viel adage, aussi vrai que chrétien :
La preuve que l'on aime est que l'on châtie bien.

Si je vous aimais moins, l'indifférence absoute
Oublîrait vos dangers sur votre fausse route.
Mais mon amour pour vous présumant vos vertus,
Et moins vous en auriez, plus nos vœux vous sont dus;
Cet amour me commande, en dépit de vos larmes,
Contre vous, égarés, de vous crier: aux armes!
Aux armes, avec moi, contre une passion
S'arrogeant les vertus d'orthodoxe Sion,
Qui, sous prétexe vain de piété plus pure,
Provoquent nos erreurs à trahir la nature.
Héraults d'absolutisme, à braver nos sermens,
De nos civiles lois, *licencieux* cimens,
A haute voix ici, de la part de Dieu même,
Parjures, contre vous je profère anathême.
La Charte des Français, religieux lien,
N'est en but qu'au cœur faux, au renégat chrétien.
La constitution proscrit l'absolutisme;
La proscrire pour lui: de l'âme barbarisme;
De lèze majesté, triple crime à tous yeux,
Brûlans de voir sur terre une lueur des cieux:
Il lèze le monarque, il lèze la patrie
Et le ciel furieux contre qui l'a flétrie.
En dix-huit cent vingt-neuf abjurez vos erreurs,
De toute autre faiblesse, heureux, pieux vainqueurs!
Les Rois, leurs électeurs, répétons-le sans cesse,
De leurs droits sont fondés à régler la sagesse.
Vers l'absolu pouvoir vos efforts sont péchés,
Malheur dont il est temps que vous soyez touchés;

Qui, plus vous l'étendez aux petits séminaires,
Plus chez les citoyens vous allumez de guerres:
Horreurs à redouter, non d'un sage pouvoir,
Les gages partagés et leur si doux espoir.
Clergé de Bethléem paré de modestie,
La Charte, à nos conseils, appelle votre hostie.
Sans blason, l'absolu peu de prélats admet;
A peine Pierre aura le pas sur Mahomet.
Et vous simples pasteurs, sans carosses, sans mîtres,
Des états, par le nombre, êtes-vous les arbitres?
Clément quatorze aurait une inutile voix.
Maury, son éloquence ont-ils sauvé les Rois?
Plaidez tous avec nous la cause à tous les hommes.
Là votre gloire: où tous avec elle nous sommes.
L'auréole des Rois, posez-la sur leur front:
Leur parole immuable; y manquer, quel affront!
Les premiers ici, là, leur glorieux cortége,
Eternisez nos droits et votre privilége.
Jésuite à la cour est un froc suspecté,
Sur les pas de Jésus, ordre très-respecté;
Siméon du Sauveur, vrai sens de jésuite,
Nom du parfait chrétien, qui le suit et l'imite.
Judas fut jésuite; il a trahi Jésus;
Aux vertus des Judas l'univers ne croit plus.
Bannissons, désormais, le mot tous à la chose;
Epine de la croix, plais-nous plus que la rose.
Jésuite n'est plus; l'univers est chrétien.
De la croix quel honneur! *Siméon*, le soutien,

Et du salut de tous voilà quel est le prêtre :
Heureux de voir bénir et révérer son être.
Eh ! ce bonheur n'est pas notre être abasourdi,
De Miguel, encor moins, le culte abâtardi;
Un pouvoir de tyran, sur les fers des victimes,
Qui creuse sous son trône un volcan, des abîmes,
Non plus que des flatteurs, le pouvoir absolu,
Qui pour eux, non pour lui, l'égare, leur a plu,
Aux abus ne prétend un droit imprescriptible
Que par l'injuste peur d'un parti qui le crible.
Est-ce à vous à prêcher un système aussi faux,
De l'agneau tout amour, vous, amoureux agneaux,
Nourris et nous du lait de la brebis, la vierge,
Lait coulé de l'autel où luit béni leur cierge ?
Du droit, dans votre cœur d'égoïsme assailli :
Par vos veilles, c'est-là le trésor recueilli !
De justice l'écho justement vous répète
Que droite conscience est du droit l'interprète.
A nos prélats, jamais, archanges envieux,
Nous ne disputerons la terre ni les cieux;
Heureux de les voir tous couronnés à leurs places,
En le glorifiant, à Dieu nous rendons grâces.
En attendant, ici, pleins d'amour, de respects,
Hiérarchiques chefs, nos cœurs sont vos sujets :
Mais, d'aucun ne troublez la légitime attente.
Grâces à l'Esprit saint, c'est depuis sa descente
Sur nos âmes, nos vœux, que les vertus des rois
Ont perfectionné la dignité des lois.

Vous, venez avec nous entonner le cantique
Des constitutions, loin de la république :
Vers ce cierge pascal, commun *alleluia*,
Eloignons de ses feux notre *dies illa*.
Mes larmes coulaient hier, aux accens de la grâce :
Un saint missionnaire en remplissait l'espace.
Aux pieds de la bergère, objet des saints amours,
La piété voudrait y passer nuits et jours.
Grand Dieu ! je me disais, cette âme, est-il possible,
S'abuse sur un point de justice infaillible !
Saints prêtres, saints prélats, dans vos âmes je lis :
Oui, céleste vertu, dans leurs œuvres tu vis :
Ils brûlent d'embraser chacun à son service,
De nous voir enrôler dans la sainte milice.
Dans sa gloire, elle fait des dieux de ses soldats
Qui ne vont exister qu'à l'heure du trépas.
O victimes des sens et d'un orgueilleux doute !
Essayez du bonheur que la piété goûte.
La grâce vous dira ce que les beaux esprits,
De leurs flambeaux charnels n'auraient jamais appris.
Dieu vous aura comblés de sa tendre influence ;
Douterez-vous encor de sa sainte présence ?
De l'évangile alors, de Saint-Jean les écrits,
D'un grand soleil auront, à vos yeux, tout le prix ;
Voilà ce que je sens, ce que je vous souhaite :
Les larmes des pécheurs, leur pardon et leur fête,
La grâce, doux repos, prix d'utile travail,
Qui ramène le bouc, agneau, dans le bercail.

D'Abrahams, de nos jours, le rameau salutaire
Tire des ruisseaux de nos âmes de pierre.
Grâce à Dieu, les succès de leurs touchants sermons
Multiplient, chaque soir, chez nous les Salomons.
Mais, en gagnant nos cœurs, vous ouvrez nos paupières;
Loin d'approuver l'édit d'éteindre les lumières,
Tout haut nous condamnons une erreur grave en vous:
Dans la foi nos pasteurs les plus saints, les plus doux,
Qui peut concilier votre extrême sagesse
Et vers l'absolutisme une énorme faiblesse?
Faut-il que l'œil humain, fixé sur l'encensoir,
Frappé des vérités, refuse de les voir?
Ce que l'un ne voit pas, échape-t-il à l'autre,
Qui doit l'en aviser son mutuel apôtre?
Devoir qui me fait dire, avec l'autorité
Du citoyen rempli du dieu de probité:
Dès qu'il s'agit de loi, civile parabole,
Contre elle, aucun de vous, pasteurs, n'a la parole.
Prêtre insoumis, rebelle à la loi de l'Etat,
Contre lui, devant Dieu, professe l'attentat.
La première vertu qu'il doit prêcher en France,
Par l'exemple, surtout, c'est son obéissance,
Seule source de l'ordre, et garant seul de paix:
Que, de par Dieu, la loi commande à tout Français!
Vous mêmes proscrivez, chaque sens en murmure,
De servir, à la fois, Dieu, la faible nature;
Je dois y revenir jusqu'à satiété:
Otons ce grain de trouble à la société.

La constitution alarme vos richesses !
Allez être absolus chez d'absolues altesses.
Du grand pacte, *à Porto*, blâmez Louis dix-huit ;
L'attaquer en France, est un forfait gratuit.
Est-ce vous qui cédez à perfide influence,
Est-ceelle qui, chez vous, prête à la résistance ?
Funeste alternative, indigeste à l'Etat,
A vomir de son sein filtre, vénéneux plat.
L'on doit m'en croire, moi qui ne flatte personne :
Ultrà, philosophiste, aucun ne me pardonne,
De tenir à mon Dieu, d'obéir à la loi,
Mes deux trônes ; j'y tiens heureux sujet et roi,
Et j'y tiendrai toujourt au péril de ma vie.
D'un prix divin, Dieu grâce, elle sera suivie.
Lequel est orthodoxe, ou du séditieux,
Ou de moi, tout soumis à nos lois comme aux cieux ?
Jésus nous prêche-t-il la désobéissance ?
Entre les lois et vous à qui la préférence ?
Vous et moi, sur la tombe, on sonne nos deux glas ;
De quelle conscience ouïra-t-on, hélas !
De celle tout en pleurs, dès que l'on s'en écarte,
Ou du cœur qui maudit et la France et la charte ?
Rien en elle n'est fait pour offenser le Ciel ;
Son viol est, en France, un crime essentiel.
Ministres, ajoutez à toutes vos vertus
De faire aimer nos lois, cachet des vrais élus,
De ne plus alarmer l'innocente jeunesse,
Qui de nos purs couplets méditait la sagesse.

L'hommage à nos grandeurs, hommage à leur vertu;
Cet hommage à la charte, à vos yeux a déplu!
Trop décevante erreur, funeste à leur jeune âge.
Qui nous lit, vous entend, ne sait où voir le sage :
D'orateurs factieux, dans l'indocile voix,
Ou dans l'autorité de l'état, de ses loix.
Dès lors, dans quel principe élever la famille?
En discorde, en débats, faut-il qu'elle fourmille?
Et votre ordre et nos loix, sont-ils donc deux partis?
Du VERBE sont-ce-là les conseils départis?
Cette lutte, pasteurs, est par trop scandaleuse;
Soumettez-vous aux lois, et la France pieuse
Va voir se prosterner à vos pieds ses Thomas;
Exemple généreux, toi seul les sauveras.
Oui, ce froid de vos fronts, ces guerres clandestines
A la charte, effrayant nos vierges enfantines;
Et quelques intérêts, quelque soif d'un emploi,
Réglés par des calculs, sur leur pays, leur loi,
Contre nos libertés, oui, votre antipathie,
Adjurant l'Eternel, sur le temps seul bâtie;
Ces concours pour en faire une tour de Babel,
Aliènent les esprits qu'ils font perdre à l'autel.
Des ciments de Sion je vois l'âme pétrie,
Dans ses pieux essors, par vos index flétrie;
Bien discerner le vrai, né du Ciel, pour nos cœurs,
Et lui garder ses feux, gardés de vos erreurs
Qui démentent, tout haut, vos voix pour l'évangile,
Que Dieu dicta si grand; que l'erreur veut servile;

Ecart, tout votre ouvrage : ah! désabusez-vous ;
De la charte embrassez le joug si saint, si doux :
N'allez pas signaler aux chaires de l'école
L'absolu, d'un teint blanc, et la charte créole ;
Vos couleurs vont ternir jusques aux saints autels,
Et susciter contr'eux des ennemis mortels.
Soyons Français partout, non Scythes nulle part,
Et n'arborons jamais aigle, ni léopard.
L'aigle peut bien prêter saintes ailes à Rome ;
Sous les lys, le Français aigle s'élève en homme,
Heureux, soumis à Dieu, sujet du Roi, des lois,
Servant, libre, un seul maître, en les servant tous trois.
Sans eux, aucune paix ; avec eux point de guerre,
A laquelle répugne un sacré ministère.
Vivre avec eux, pour eux ; sans eux, cent fois mourir ;
Prélats, voilà l'esprit que vous devez nourrir,
Si dans la même foi vous aimez voir l'Eglise,
Unissant les Français, que plus rien ne divise.
Où lire dans la charte un seul mot condamné,
Sinon par l'absolu de honte couronné
Qui n'y voit pour les siens qu'un pouvoir trop précaire?
Trône, tes rayons seuls y veulent l'arbitraire.
Prélats, à leur égard, soyez des Gédéons,
Tonnez, vrais Daniels, de la fosse aux lions.
Chrétien, j'ose prétendre une voix au parterre,
Non suspecte aux sénats, encor moins à Saint-PIERRE,
Qui connaît mon amour pour ses grands successeurs ;
Puissé-je dignement partager leurs sueurs,

A remplir du chrétien la mission céleste !
Voir Pilade en chacun, et l'aimer comme Oreste.
Et c'est-là nous aimer comme le veut Jésus ;
S'exciter l'un et l'autre au bien de plus en plus ;
L'un et l'autre, à chacun, ami, conseil et père,
Notre âme, pour son cœur, une efficace chaire.
Le VERBE nous a dit : si vous ne vous aimez,
En mes palais pour vous point de feux allumés.
Quels sont vos sentiments pour nous envers la charte,
Si d'un serment sacré vous souffrez qu'on l'écarte ?
Ces soupirs sont permis au plus vrai zélateur
De la vertu publique et de leur créateur ;
Et ma sincérité, tout-à-fait gratuite,
Ne craint pas qu'on retranche un grain de son mérite.
Vous fais-je ici ma cour, ennemis de ma loi ?
Qu'est mon encens pour vous, ennemis de ma foi ?
Vous ne voulez pas plus mon cœur que ma parole ;
Selon vous, l'un s'égare et l'autre est trop frivole.
L'infaillible en cela, c'est que je ne m'attends
A recevoir de vous ni prix, ni complimens.
J'aime à les mériter : fort de ma conscience,
Le bien que je vous veux, c'est Dieu qui le dispense :
Daignez y prendre part, laïcs, fiers citoyens ;
Entre le ciel, l'enfer, sceptiques mitoyens !
A la charte l'Eglise est-elle peu propice ?
Je sais un grand secret pour l'en rendre *complice* :
D'abord, distinguons bien l'église du clergé ;
Elle commande aux eaux ; lui, fut-il submergé ?

L'homme impose à ses sens la croix qui les maîtrise;
Il obéit au Verbe ; il fait nombre à l'Eglise.
Elle se forme ainsi de toutes les vertus,
Et s'élève à la voix d'anges vivans, élus.
Défenseurs nés, des lois condamnant l'arbitraire,
Préférant leurs devoirs aux droits de mandataire,
A la grandeur du prince, aux plus grands intérêts,
Contre les lois armés des plus spécieux traits.
Mais, anges et mortels, tous qu'on les désabuse;
Que l'on n'entende plus de voix qui nous accuse.
La raison est pour nous; montrons ses traits vainqueurs
Dégagés de nuage, et gagnons-lui les cœurs !
Leur cheval de bataille est cette tolérance
Du culte et de l'inculte, aux frais du fisc en France!
Comme si, rois, chrétiens, puissans rivaux de Dieu,
Pouvaient priver de l'air et bannir de tout lieu
Philosophistes, juifs, libres, sauf conscience,
De laisser à l'erreur, sur Dieu, la préférence!
Dieu nous a donné plus que tous les élémens;
A notre libre arbitre il met les sentimens;
Les faux attraits; sur eux, pour gagner la victoire;
Et la grâce; aux combats pour nous laisser sa gloire.
Le pacte des Français, libre arbitre nouveau,
Veut la gloire au mérite, et l'exact au niveau.
Le Verbe et Dieu sont un; la vertu les signale.
Une route vers eux n'est pas à l'autre égale.
SIMÉON, pour la sienne, a pris, porté la croix;
Sans discuter, son acte a professé : je crois

A ceux qui, comme lui, la portent elle-même,
Telle qu'à Dieu son fils l'impose un Dieu suprême,
Le salut est le prix de cette pure foi;
L'Eglise, avec raison, nous en transmet la loi.
Mais, ce serait changer l'Etat en casuiste,
Que lui faire proscrire inorthodoxe liste,
Sans juger le mérite et le prix immortel
Que Dieu, dans sa sagesse, assigne à chaque autel;
Et surtout sans troubler l'humain et libre arbitre,
Sur les bornes duquel l'Etat n'a pas de titre.
Il doit stipendier tous les succès moraux
Envers l'ordre public, religieux travaux.
D'effet rétroactif, dans la loi de l'Eglise,
Pas plus qu'en droit civil l'action n'est permise.
Principe interverti, si le serme nt passé,
Un jour par une bulle allait être cassé,
Ou si l'objet, réglé par deux législatures,
Hier ou demain, offrait deux poids et deux mesures.
De par Dien, le Saint Siége est une autorité
Sur le spirituel, à l'âme, limité.
Sur nos libertés Rome a le droit de copie
A la perfection, sans devenir impie,
N'usurpant sur la Seine aucun vil droit du temps,
Politique calcul du Danube aux vieux vents.
Pouvoir humain finit où justice commence,
Borne de nos erreurs, de Dieu bienfait immense.
A tous les yeux ce point me semble approfondi;
Qui voit nuit au soleil, a l'œil plus qu'engourdi;

*

C'est un chef arrêté : mais un autre moins fixe
Est, entre vous et nous, sur la foi, notre rixe :
Votre défection, quoi de plus alarmant
Pour votre cher salut, notre éternel tourment ?
Je dis notre, lecteurs, car mon âme orthodoxe
Non plus que mes vieux ans, n'est point un paradoxe.
Elle a vu la lumière, oui celle de la croix;
Elle a moins de mérite, avec preuve, j'y crois.
Cette preuve, mortels, est à votre portée :
Touchez du doigt, votre âme en sera transportée.
Elle brille à mes yeux, ce n'est pas d'aujourd'hui;
Aux plus nébuleux jours elle m'a toujours lui.
Qui pourrais-je abuser? A quoi bon l'imposture?
L'hypocrite au grand jour creuse sa sépulture ;
Le juste, c'est le ciel; l'hypocrite est l'enfer.
L'un fait le siècle d'or, l'autre un siècle de fer.
L'un en Dieu voit ses traits, lorsque tout le méprise;
L'autre en soi voit l'enfer, quand tout le canonise.
Un tribunal absout l'homme qui se condamne ?
Juste, on m'a condamné? vains coups de pied de l'âne.
Tel m'abaisse au barreau, de la justice en deuil;
Ma culpabilité m'élève à son fauteuil.
Où le crime a le trône, et la vertu, l'enseigne,
Sur le trône usurpé la seule vertu règne.
De l'hypocrite, enfin, le métier mensonger
Ne laisse à boire d'eau, ni de pain à manger.
Effrayer l'horizon, noir, perfide nuage,
Beau rôle préféré, sous le masque du sage!

Bonne foi, front de lys, astre de vérité,
Des plus divins attraits as-tu donc hérité?
Même était mon langage, où, politique trombe,
A toutes les grandeurs tu vins ouvrir la tombe.
J'ai toujours voulu Dieu, son règne respecté,
Quoiqu'à ce mot tout homme alors fût suspecté.
Dieu conserve les sens à toute âme altérée
Du ciel où sa couronne est déjà préparée.
Heureux qui, dans ces jours de forfaits et de sang,
A gardé sa foi pure et son vêtement blanc!
Chez lui, des dons du ciel la force maintenue,
Des calomniateurs fait huer la cohue.
Cœurs droits, mais prévenus mal contre sa jeunesse,
Pour vous désabuser, contemplez sa vieillesse.
Voilà le doigt de Dieu, sceptique infortuné,
Alarmé sur la fin pour laquelle on est né.
La mort, en général, sommaire de la vie,
Commande à leurs témoins l'épouvante ou l'envie.
Le globe est consterné d'un exemple si grand,
Sort de qui par le crime ose être conquérant:
Dix décembre, aujourd'hui, j'apprends la catastrophe,
Des meurtres, des sanglots, tardive limitrophe:
Pour les peuples, les rois, épouvantable avis!
Pour les peuples ci-bas traîtres à leurs pays,
Pour les rois abusés par des conseils perfides,
Des fers de leurs sujets, et de leur sang avides.
C'est que tous, de leur Dieu, de leurs fins écartés,
Aux excès se livraient, par l'orgueil emportés.

De la foi, sous leurs yeux, ils ont éteint le cierge;
Aux peuples, d'un tyran Dieu fait sentir la verge;
Et, pour dire au pervers ce qu'il en fait de cas,
Il l'exhalte, et d'en haut le brise avec fracas.
Prions pour le cruel, prions pour ses victimes;
Couronne à leurs vertus; peines, pardon aux crimes.
Mais, lecteurs, à profit mettons tous la leçon:
Le salut par la croix n'est pas une chanson.
Philosophes, songez: ni Scylla ni Caribde
Ne vous submergeront lorsque la croix vous guide;
Et Caribde et Scylla, du cœur ce double écueil,
Qu'il ne sera plus temps d'éviter au cercueil.
Peut-être, en me raillant, votre oreille m'écoute;
A ces mots, *croix*, *écueil*, votre œil dit n'y voir goutte.
Croix: peine de vos sens, privés de leurs abus.
Ecueil: les faux attraits des plaisirs défendus.
Cette croix est l'essence, ingrats, de tous les cultes,
Comme le grain aux champs, honteux, las d'être incultes.
Ils en sont moins semés que notre être, de croix:
Avec tous les plaisirs, pauvre humain, tu décrois.
Croix trop perpétuelle, en racines immense,
La dernière à couper, d'une autre est la semence.
L'homme, dans la nature, a tout à convoiter:
Des ailes l'ont séduit; elles le font boîter.
D'innombrables plaisirs chaque attrait le suborne;
Plus ils sont séduisans, plus de croix dans leur borne.
Malgré nous, à chacun, l'autre est sacrifié.

J'immole à l'estomac mon goût crucifié ;
J'immole à ma santé l'excès plein de délice.
J'aspire le repos, elle veut l'exercice.
Du sauvage voilà l'esquisse en fait de croix ;
Civilisation, chez vous, qu'elle a de droit !
A chaque mot vos lois, de croix, sont une mine ;
Fêtes, amours, ni vœux que la croix ne domine.
Analysez la terre, et comptez-y vos pas ;
Rien dont on ne soit deux à briguer les appas.
Un seul est satisfait : sur l'autre la croix pèse ;
L'heureux chez lui seul est, pour autrui, mal à l'aise.
Que demande donc Dieu de plus que les humains?
Il nous mène au bonheur par le même chemin :
Les croix, privations qui comblent de richesses :
Mort aux mauvais penchans; essor de la sagesse ;
Sceptre de la raison, généreux frein du mal,
Qui, dans l'homme divin, éclipse l'animal.
C'est la loi d'Ibrahim, c'est le culte du bonze,
L'ordre qui ne déplaît qu'au brut, au cœur de bronze,
Qui, chez autrui, jamais ne fixe son miroir,
Pour ajuster son cœur sur le pressant devoir
De se rendre à nos yeux cet objet agréable,
Tel qu'il nous veut pour lui, d'un charme inexprimable.

FIN DU PREMIER CHANT.

SOMMAIRE

DU DEUXIÈME CHANT.

Dieu et la nature : mêmes rigueurs, mêmes lois. — Erreurs du paganisme, aveuglement d'Israël. — N'importe le nom donné à Dieu ; ses merveilles le manifestent. — Don Miguel, fruit de la nature. — Charles Dix, fils de Dieu. — Dieu et l'homme. — L'intelligence prouve l'existence de l'âme. — L'ordre révèle, démontre celle de Dieu. — Son image, élevons-la jusqu'au modèle. — Quel philosophe en imaginerait un supérieur? — A la jeunesse. — Unique voie du bonheur. — Intérêt public. — Conclusion. — Sens soumis à l'âme ; elle est palpable ; Dieu comme elle. — Révélation démontrée. — Supplication aux lecteurs. — Instances au Clergé, aux Philosophes. — Léon XII ; hommage constitutionnel à notre prélat ; son mandement apostolique et libéral. — Péroraison.

DEUXIÈME CHANT.

Dieu, nous n'en doutons plus, la nature, d'accord
N'exige des humains qu'un sage, un doux effort
Pour plaire l'un à l'autre, à nous comme à lui-même,
Reflet d'un Dieu si grand, miroir du bien suprême.
Vous l'aviez oublié, Caton, Brutus, Horace,
Vous détourniez vos yeux de la divine grâce;
Vous cherchiez la lumière, en un honteux chaos,
Vers les poireaux, les boucs et l'aigle, vos héros!
Chez l'aveugle Israël, voyez l'aurore ouverte;
Elle vient le sauver, il en jure la perte.
Rôle de tous ingrats, bourreaux du bienfaiteur,
Leur cœur des sentiments se dit le zélateur;
Le bienfaiteur est Dieu, source d'amour, de grâce;
Pour prix, nous le faisons gêler dans nôtre glace.

Il est le bien suprême ; et nous, suprême mal,
Nous l'anéantissons dans un cœur animal.
Mes chers petits enfants, nous dit la divine âme :
Méritez mon bonheur, embrasés de ma flamme.
Dans l'eau, si froide aux bords, que le bain est exquis !
Quel sang vous ont coûté vos vains lauriers conquis !
De la croix du salut, combien le prix est moindre !
Du suc de son olive, ah ! fronts, laissez vous-oindre !
Je ravis, exigeant moins que Bacchus, Cérès,
Pour un soupir, vos cœurs, à d'éternelsciprès.
Dans mes promesses vrai, non, volupté trompeuse,
Je garde vos corps sains et rends votre âme heureuse.
Appelez-moi nature, ou dénommez-moi Dieu,
Le rouage fait tout, vain est le mot moyeu.
Dieu, c'est, retenez-le, l'ordre, le bien suprêmes ;
La nature est l'essor de leurs ennemis mêmes :
Les funestes penchants, la sensualité,
De Salomon déchu triste immortalité.
Dieu n'apparaît qu'à l'ame, et la nature aux sens,
Donc Dieu, c'est le plaisir, à l'heure où je le sens ;
Sensation pour elle au-dessus de la vie,
De ruines, de cris, dût-elle être suivie.
Torrent qui nous entraîne hors des vrais intérêts,
Et fait sacrifier tout aux plus vils attraits ;
Elle a fait don Miguel, et Dieu fit notre CHARLES
Dont la royale voix est toi, Dieu qui nous parles ;
Elle produit le crime ; et Dieu, toutes vertus.
En Dieu, l'homme est si grand ! elle en fait un fœtus.

Du temps et des lecteurs ! sans fin le parallèle ;
En Dieu quels saints Louis ! que de Nérons chez elle !
La nature c'est l'homme abandonné de Dieu.
Dans mon âme, lequel allume un plus beau feu ?
Mais Dieu qui l'a soumise, humains, cette nature
Au filtre de ses lois pour la lui rendre pure,
Veut que vous l'éleviez la gloire de son nom,
Histoire de vos cœurs, grâces à son pardon ;
Contact entre Dieu, l'homme, effet qui les rassemble.
L'homme, le juste, à Dieu par cela seul ressemble.
Dieu proclame les faits ; les faits confirment Dieu.
Niez la roue ! on voit les jantes et l'essieu.
Le connaît au parfait qui se connaît soi-même ;
De l'âme, sur le corps, tout sent le diadême.
De l'univers le môle assez frappe les yeux ;
Son cours en montre l'âme et le maître des cieux.
Quel ordre éclôt, se meut, tient sans intelligence ?
A nos lois, qui niera que Charles règne en France ?
Notre âme ! qui la voit et qui la définit ?
Elle brille aux présens dont un Dieu la munit.
L'univers n'a besoin d'aucun autre dilemme,
Pour nous montrer son âme : un Dieu, le bien suprême.
Il est le bien suprême, en son ordre parfait.
Un hommage aussi pur le peint, le satisfait.
Sublime tâche, humains, soyez-y magnanimes !
De Dieu, l'oublîrez-vous, émules synonimes ?
Légitimez la gloire à force de combats
Qui mettent l'âme au ciel, et nos vils sens à bas.

Eh! cherchez-en Dupuis, Helvétius, Voltaire,
Plus moraux éléments en aussi digne sphère!
Jeunesse, l'évangile, or tout pur aux saints yeux,
Nous dit ce que la gloire a de plus orgueilleux.
Devant le saint des saints, lui qui vous le révèle,
Quel phare cherchez-vous, qui moins que lui chancèle?
Serait-ce votre orgueil d'être éclairé par lui?
Pour les humbles eux seuls son soleil aura lui.
Est-ce la volupté? parfait, habile guide
Pour vous précipiter de Scylla dans Caribde;
Et ses esclaves vils, au prix de tous vos sens,
De tous vos dons, de Dieu lui prodiguer l'encens!
Hâtez-vous, en ruine au milieu des décombres,
D'immoler la lumière à ses plus pâles ombres.
De la société, riche, touchant espoir,
Tremblez que ces erreurs osent vous décevoir.
A l'autel, sur les bancs, votre astre, votre asile,
C'est le trésor sans prix offert dans l'évangile.
Que tous les yeux le voyent avéré sur vos fronts,
Non vos regards distraits, honteux de vos patrons,
Sans un guide à la main, crainte qu'on vous méprise
De paraître un quart d'heure au moins saints à l'église.
Vous alarmez, bel âge, Abraham, Saint Louis,
Qui tremblent de vous voir le fléau du pays,
Par la légèreté, philosophiste erreur
Qui nous paraît à Dieu, disputer votre cœur;
LEIBNITZ vous apprend qu'entre les deux extrêmes,
A l'un desquels Miguel a si mal fait ses thêmes,

Il est un terme sage, et si digne d'amours :
C'est de réfléchir Dieu, l'homme en ses pieux jours;
Dieu juste, généreux, à la gloire des hommes,
A la gloire de Dieu, soumis tant que nous sommes,
A son temple surtout (leçon pour le pervers),
Par la foi dévoués au Dieu de l'univers.
Il vous comble de grâce au sein de la famille;
La vertu plus encor que la science y brille.
Sainte bibliothèque, elle vaut tous les cours,
Fléau de l'ignorance, hors d'elle, à leurs discours.
Devenez du pays et la règle et l'exemple,
Qui rassemble à l'envi, sur vos traces, au temple;
Premiers et saints anneaux des générations,
Quels destins vous créez à notre nation !
Aperçus de la cour, et chers à la province,
Espoir de la patrie et colonnes du prince,
Voyez surgir par tout le prix de vos vertus :
Sur vos fronts l'auréole a ceint autant d'élus;
Dès-lors le Sacerdoce aime une loi civile
Qui montre associés aux lois de l'évangile,
Tous les âges, les rangs, et promet à Sion,
Et du peuple et du roi l'heureuse ascension.

Mais, dans ma chaire, encor, à la main ma palette,
En crayons, en couleurs, muse trop imparfaite,
Reprends de la vigueur, et gagne un tel crédit,
Qu'on n'oppose à ta voix ombre de contredit.
A nos sens, dis : soyez généreux envers l'âme;
Au clergé : pour la charte, anges soyez de flamme !

Aux sens ; rien sans objet ; celui de l'univers
Est un tout immuable et parfait sans revers,
Et l'ordre auquel, sans fin, concourent les parties.
La plus noble, c'est l'homme ; en lui sont départies
Et puissance et faveurs pour briller, doux rayons,
Du tout inaccessible aux pinceaux, aux crayons.
Et Licurgue et Sodome, et Voltaire et Socrate,
Niez si vous pouvez, cet ordre qui nous flatte.
Dieu réel ou Dieu rêvé à cet ordre parfait,
L'innocent de deux jours voit la cause et l'effet.
Nommez nature, hazard, ou l'aïeul ou le père,
Défi d'y rien changer, et défi de mieux faire ;
Défi d'offrir à l'homme autre probable fin.
Où l'atteindre, mortels? je le donne au plus fin :
Par les sens épuisés, par l'orgueil fratricide,
Pour modèles, Néron, Miguel...., ou Thuci dide?
Thucidide est nommé. Voilà votre héros !
Trois Louis, un Henri, Charles-Dix, ses échos ;
Comme Dieu, pour le globe, images, rois sur terre,
Qu'imitent l'opulent, le sujet prolétaire,
Peut-être, en nombre égaux aux étoiles du ciel,
Pour orner l'univers, choix moins essentiel.
Cause anonyme, elle a produit l'effet palpable ;
Cœur qui ne le soupire, inique, ingrat, coupable.
A la cause étranger, l'on brûle pour l'effet,
Auquel tout veut créer un créateur parfait.
Comment distinguons-nous notre chair de notre âme?
Aux lumières de l'une, aux sens de l'autre, infâme.

L'âme ? les sentiments sont ses expressions ;
La matière ? la chair exhale ses rayons.
Ainsi par leurs effets, les siens, un Dieu terrible
Rend à la bonne foi sa présence sensible.
Nos sens, quatre mille ans, égarent notre esprit;
Dans notre chair, Dieu parle aux sens qui l'ont proscrit:
Dans l'homme même, il montre aux hommes sa lumière
Qui luit pour diriger l'âme dans sa carrière ;
Fait à l'essence impure un don de pureté,
Comme au limon, l'honneur de la maternité ;
Au limon, divin soufle, âme, présent superbe,
Confirmé, consacré par lui, l'éternel Verbe.
En une vierge, un sein plus pur que le limon,
Limon, par trop sujet ! sein vainqueur du démon,
Le Verbe, ses témoins, nombreux phares du globe,
Dissipent à nos yeux l'ombre qui l'y dérobe ;
Ses oracles constants, la nature d'accord,
Signalent le départ, et la route et le port.
Ils nous disent partout, voilà le Dieu qui règne !
Ce que mes cieux n'ont pu, ma bouche vous l'enseigne.
Vous créeriez, de raison, l'être qui vous créa ;
Vous repoussez ma voix qui vous le révéla.
C'est préférer au guide une main ténébreuse,
A la limpide source, une mare fangeuse.
A qui montre la vie, au sortir du cercueil,
De rentrer au néant, c'est préférer l'orgueil ;
C'est préférer, Français, l'arbitraire à la Charte ;
Clergé, c'est préférer l'œil qui vous en écarte.

Ni bon ton, ni partis n'y peuvent rien changer ;
Le seul parti saint doit nous y tous engager.
Le despotisme ? abus du pouvoir, de la force,
Eteint chez les Français, dans les Gaules, en Corse;
Il ne renaîtra plus, que le dernier d'entr'eux
N'ait perdu tout espoir dans l'équité des cieux ;
Qui pour maîtres, sujets, en oracles abonde,
Et jamais au hazard n'abandonne aucun monde.
Ne compromettez plus votre saint jugement;
Surmontez ce dilemme : où vos cœurs justement
Guerroyent notre pacte; atteinte à la justice,
Aux regards du pouvoir, très-signalé service.
Vous sanctifiez tout, s'il devient votre appui
Pour vous rendre absolus, demain, dès aujourd'hui ;
Sainte opposition, devoir très-légitime,
A vous en applaudir la France est unanime ;
Autels, temples des dieux, gardez-leur votre encens !
Puisqu'ils se sacrifient jusques aux bonnes gens;
Le vain accusateur fait votre apologie,
A vos fureurs sur lui, quelle étrange énergie ?
C'est qu'il faut l'avouer, votre innocent dépit
Décèle votre cœur pris en flagrant délit.
Vous vouliez relever l'idole féodale,
Et son absolutisme, au mistique dédale ;
Votre fil est saisi par un œil clairvoyant;
D'un plan des mieux ourdis, déconcert, foudroyant.
Ce plan est temporel, en cela, plus de doute ;
Indigne encens des cœurs vers la céleste voûte,

Où l'éternel monarque admet pour seul tribut
Ceux dont le bien public est le généreux but.
Les seuls sens, irrités contre un juste reproche,
Frémissent de se voir les doigts pris dans la poche.
Cessez donc d'accuser une voix qui vous sert,
En vous faisant toucher le délit qui vous perd.
Si vous avez bien fait, l'accusateur vous loue;
Si votre fait est mal, votre dépit vous joue.
Et c'est lui que je prends pour éloquent témoin,
Que votre résistance est un coupable soin,
Qui, pour vous ménager en songe un privilége,
Offre au pouvoir séduit un suicide piège!
Gagnez le ciel, et nous, par un généreux choix,
Entre le despotisme et les plus justes lois.
Répétez avec nous : Dieu, c'est le bien suprême,
A la Charte soumis, c'est l'être à Dieu lui-même.
Ainsi la charte, en moi, souffle un don de la grâce,
Que repousse contr'elle en vous l'injuste glace.
Quelle est ta mission? me dit un *temporel*.
Pour Dieu, Charles, la France, un amour éternel.
Cœurs que n'embrâsent point ces feux pour la patrie,
Par quelqu'intérêt bas ont leur âme flétrie.
Entrailles de la terre, on a beau vous miner,
Sur la Charte, absolu, tu ne peux dominer.
Flambeaux des missions, torrent des bonnes lettres,
*Beautés d'or, de parfums, éloquents et saints prêtres,
Désabusés, chantez, heureux de nos succès :
Erreur ne creuse plus de tombeaux aux Français!

*

Mais vous, nos Souverains! vous, anges tutélaires!
Qui nous devez conseils, exemples et prières,
En générosité, disciples du Sauveur,
Dans le bien soyez-nous chacun un précurseur!
Quel sujet veut te fuir, loi qui tous les appelles,
Dans la rébellion, loin d'être leurs modèles,
De par Dieu, d'attirer un injuste mépris
Sur la loi dont nos cœurs ont consacré le prix?
Dût la suivre, exiger une œuvre généreuse,
Un beau devoir l'impose à toute âme pieuse,
Comme à votre éloquence, à ses zélés efforts,
Entre lois, rois, sujets, les plus parfaits accords.
Des lois, à leurs frondeurs, la triste dissidence
Fait seule exception à la paix de la France.
Que Dieu veut-il chez l'homme: ou l'enfer ou les cieux?
De la guerre ou la paix, laquelle prêche mieux?
Guerre d'aversion à nos vertus publiques,
Coupables à tant d'yeux, des siècles héroïques.
Le trouble naîtra-t-il d'une source de paix?
Le médecin doit-il ne se guérir jamais?
Solennels ennemis du sang et de la guerre,
Reprenez la grandeur du plus saint caractère:
Intéressés au ciel, nobles, pauvres d'*esprit;*
Dociles aux leçons, aux lois de Jésus-Christ;
Moins occupés du temps que du ciel, ma patrie;
L'âme, de vos devoirs, moins de vos droits pétrie,
Cessez de protéger les sophismes du fort,

Rêves désavoués à votre lit de mort.
Au juste, accordez-nous tout ce qu'à votre place
On vous concéderait justement et sans grâce.
Or, la Charte est un droit, non plus une faveur;
Sa haine est un enfer, son amour un sauveur.
De vos mains, ce sauveur doit pénétrer nos âmes;
Des feux dont il couronne il vous livre les flammes;
A nous les conserver, partagez ses ardeurs;
De ses parfums exquis aspirez les odeurs.
D'un sauveur si légal appréciez l'essence,
C'est du divin Sauveur proclamer la présence.
C'est nous faire arborer l'étendard de la croix,
Pleins d'amour pour l'amour qui couronne nos droits.
L'époque nous présente en pleurs un parallèle
Entre notre HENRI QUATRE et *sainte* Jésabelle!
Vous criez de la chaire: à la dissension!
Don Miguel est sans doute organe de Sion.
Tout Français qui le trouble est juge, en forfaiture,
Fléau du sentiment, outrage à la nature!
Déplorer ses *hauts faits,* c'est lèze-majesté,
Parasites du fisc l'ont au monde attesté;
Et le respect humain, l'ambition répètent
En *silence* ou *sarcasme*, à leur sens, interprètent
Que de par Dieu, Miguel, ange, proclamé roi,
Doit, en verge de fer, changer l'AGNEAU, sa loi,
Piloter, dans le sang, les colonnes du trône,
Et gorger ROBERSPIERRE affamé de couronne.
Dieu d'amour, sont-ce là les échos de la voix

Qui, du fond de nos cœurs, font adorer tes lois?
Accorde-nous le don de détourner des sages,
Aux pieds de Balaam, de souiller leurs hommages.
Nous désabuserons nos mentors abusés;
Leurs cris, leurs vœux, nos cœurs, l'un par l'autre brisés,
N'opposent plus à l'ordre, objet de tes miracles,
D'ennemis spécieux, ni de secrets obstacles;
Nous marcherons unis, tous au pied de l'autel,
Enivrant de parfums notre pacte immortel.
Oh vous, que notre amour rappelle à l'évangile,
Rendez notre prière à votre gloire utile;
Prevenez-la, lancez vers le maître des cieux
De civiques ardeurs l'encens officieux!
Dieu, charité, justice, et lumière, et sagesse,
Non l'arbitraire, non l'égoïste faiblesse.
Dieu ne créa pas plus les hommes pour les rois,
Qu'il ne créa nos cœurs pour le plaisir des lois,
L'homme pour le soleil, non pour nous sa lumière,
Pour la paupière l'œil, non pour l'œil la paupière.
Le trône, la thiare émanent de ses mains,
Pour règle et pour mesure, aux intérêts humains.
Nul sujet n'est créé jouet de sinécures,
Qu'il solde pour l'orgueil de quelques épicures.
L'avantage aux troupeaux; à leur soin, le pasteur,
Eclos pour ce devoir, des mains du Créateur.
Du pasteur, du troupeau, la fin est la justice
Hors laquelle, pour tous, l'être est un précipice.

Nulle excuse n'admet la partialité
Prodigue de son trône à la fatalité.
Diapazon commun aux peuples, à leur guide.
Arbitraire absolu? non ; légitime égide.
Or, l'absolu pouvoir expose à ses abus,
Qu'évite la balance à la main des vertus.
Le pacte des Français, libérale balance,
Est donc un pouvoir juste et divin sur la France.
Sophistes agresseurs, désavoués du ciel,
Rebelles, il ne peut déifier tant de fiel
Etranger à sa voix, par le juste encensée ;
Toute autre loin de lui passion insensée.
La thiare est ma mère, et mon âme et ma sœur.
Qui les quitte pour Dieu, dit le divin Sauveur,
Les conserve avec elle et gagne la couronne
Que le ciel doit au juste, et qu'un Dieu juste ordonne.
La thiare est à l'homme, et la justice à Dieu,
Extrêmes exclusifs d'arbitraire milieu.
Un clin-d'œil opposez la thiare à la grâce ;
Dieu, dans nos cœurs, ne peut gouverner seul la place?
La thiare égarée, et Dieu bien obéi,
Le juste, criera-t-il, à son trône trahi ?
Qui pourrait hésiter entre le bien suprême
Et les prétentions d'une ombre de lui-même,
L'avantage de tous, ou celui de seuls chefs,
Idolâtres abris des régimes de fief?
Gardez-vous, dit saint Paul, à ses peuples d'Ephèse,
Au colosse, au romain, qu'à Dieu rien ne déplaise ;

En tout, assurez-vous quelle est sa volonté,
A vos œuvres, parfait garant de leur bonté.
Alors, consultez-la, dans votre conscience;
Ce qui la dément, met le comble à la démence.
Je vous aime et vous veux heureux sur terre, au ciel;
Sur moi donnerez-vous la préférence au fiel?
Je vous offre le myrthe et vous sème la rose;
Leur préférerez-vous les chardons que j'arrose?
Citoyens et clergé, prêtres et citoyens,
Tous constitutionnels, philosophes, chrétiens!
Ecoutez cette voix sur qui toutes crient *vive*,
Et veulent que de Dieu, chez nous, le règne arrive.
N'allons plus appeler d'autre éclair du bonheur,
D'autre règle d'amour, de sagesse, d'honneur,
Que ces flambeaux du temps, déifiés sur terre,
Au degré que leur flamme éclaire l'hémisphère,
Pour régler nos destins sur la marche du ciel,
Donner à l'horison et la manne et le miel,
Égards du riche au pauvre, amour du pauvre au riche;
Aux moindres, du bon vin, et la poule et la miche;
Aux plus rares vertus, un magnanime prix,
Que leurs témoins en soient de plus en plus épris;
A tous cœur à l'ouvrage, empressement au temple,
Où le dernier des clercs gagne à qui le contemple;
En chaire, des Bridens; au fauteuil, des Sullys.
Que dis-je? admirons-les, ils arrosent nos lys,
De la liqueur féconde en leurs mains immortelles,
Tant qu'à la charte, au trône, elles seront fidèles.

Publique gratitude, applaudis leurs efforts.
Vis, DROIT roseau, rival des cèdres les plus forts!
A l'envi, nos forêts abriteront ta sêve,
Brûlant de voir au ciel ta cîme qui s'élève ;
Et, pour rendre ta gloire et ton bonheur égaux,
Vois de tes bûcherons centupler les travaux.
Dieu vient de nous donner l'hiver plein de promesses·
Que le printemps, l'été combleront nos richesses ;
Que la sœur du soleil, avec ses cheveux d'or,
De chaque saison va nous rendre le trésor.
Hiver, discours de Dieu comme celui du trône,
Comble d'un doux espoir, dans les ordres qu'il donne,
Le mérite et l'amour, et le faible et le fort,
Et la France pieuse en son civil accord.
Oui, civile, pieuse, âmes nobles, touchées
De nos vœux, de nos pleurs, à la gloire attachées,
Voyez-la dans ces nœuds qui lient notre pays,
Au midi de la grâce, et sous le sceau des lys,
Des lys, jamais brillans que sous l'auguste charte,
Sous la croix qu'aux héros consacra Bonaparte.
Tous, tous héros du ciel, gloire des continens,
Pieux de bonne foi, tout amour, continents;
Pour guide, Jésus-Christ ; pour peste, l'égoïme ;
Charançon des Etats, consul du vandalisme.
Dédaignons le bonheur, s'il ne nous unit tous,
Par cette charité, des liens le plus doux ;
Non fard, confusion, pour nous, chez le sauvage,
Mais pour les nobles cœurs, or tout pur du bel âge.

A vos genoux, de grâce, exaucez, de l'auteur
Les vœux humiliés; comblez votre grandeur,
Par un saint dévoûment aux lois divine, humaine;
A tous les yeux, garant des gloires de Surène,
Faites pour l'élever à celle de Sion;
Et le globe, orgueilleux de leur ascension,
Après avoir de cieux semé leur carrière,
Eden des gens de bien touchés de ma prière;
Mes vœux seront comblés, ceux de tout bon Français
Qui vit pour son pays plein de gloire et de paix.
Le haïr, insensés! c'est haïr votre Dieu;
C'est braver sa vengeance, imminente en tout lieu;
C'est braver ses concerts pour lesquels il fit naître
L'ingrate image à qui, deux fois, il donna l'être;
C'est changer sa lumière en éternelle nuit,
C'est préférer au ciel l'enfer qui vous poursuit.
Sur la pente si douce où la charte nous mène
Et fixe tous les vœux du globe sur la Seine,
Sous le sceptre, l'étole et le dolman, sujet,
Tout d'une âme enivrons l'ineffable trajet,
De notre sol en deuil, à nos noces royales;
Délices éternels, leurs hymnes nuptiales.
Ennemis, devenons tous généreux amis,
Baiser d'agonisant par toi toujours unis,
Dût ce dernier moment durer mille ou cent lustres,
La cordialité rende nos fronts illustres;
Heureux d'être vengés par les plus purs amours,
Des pleurs dont nos travaux mouillèrent nos beaux jours.

Pour ce moment rapide, orgueil, erreur fatale,
Cédez au noble amour, votre ivresse animale.
Dieu nous dit : « Aimez-moi ! Là brillent les secrets
De briguer avec fruit mes éternels guérets.
Vous ne pouvez m'aimer, moi le seul bien suprême,
Si vous n'aimez autrui comme un autre moi-même.
Méchant, peux-tu laisser ton frère dans les pleurs,
Abime au bord duquel tu te pares de fleurs.
Abjure, fratricide, une éternelle haine
Aux bourreaux, aux démons, meurtre affreux qui t'enchaîne.
Ton frère te pardonne ! accours, unissez-vous,
Dans la plus douce étreinte, et changez mon courroux
En bénedictions que ma grâce indulgente
Offre, loin d'épargner à l'âme repentante.
Mes enfans, aimez-vous ; gagnez mes cieux, ma paix
Qu'aux cœurs désabusés ne refuse jamais
Votre Dieu, le modèle offert à vos pensées,
Pour mériter sur vous mes gloires entassées.
Aimez-vous, embrassez Job qu'un mal-entendu
Avec vos ennemis à tort a confondu,
Et que l'an que j'ajoute à votre carrière,
De mes bontés sur vous exhale la lumière,
La lumière d'amour, de grâces, de pardons ;
Je vous en ai doués pour répandre mes dons.
Source de mes bienfaits, rejaillis sur un frère,
Heureux de votre amour, vainqueur de ma colère.
Que dix-huit cent vingt-neuf proclame à l'univers

Mes Français, et comme eux, ô mes peuples divers!
Unis, liés, heureux, grands, petits, sujets, prince,
Dans la seule grandeur dont le seul vice évince;
Unis-les à ma gloire, unis-les en vertus,
Innombrables héros, innombrables élus,
Mon CHARLES, à leur tête, avec tous les monarques,
Nos chambres, leurs Solons, leurs Numas, leurs Pétrarques,
Glorieux de régner sur des saints, sur des rois,
Grands comme les élève en leur âme ma croix.
A ce prix, je promets à leur foi solennelle,
Sur eux, sur leurs sujets, ma grâce universelle. »

Sur les pas de LÉON, viens, empire chrétien,
A son front, de la thiare obtenir le maintien.
De la charte divine, heureux dans l'opulence
Prix de son haut respect pour celle de la France,
A qui de Léon douze, ayons un successeur,
Digne d'associer leur amour, leur grandeur.
Nos vœux sont exaucés : un huitième un saint Pie
Dit : « En gagnant au ciel l'immense foule impie,
» Mes vicaires, mes saints, tous bénissez les lis,
» Et le code sacré, sous lequel réunis
» Rois, pasteurs, tous sujets, avec leur bergerie,
» Sur terre, dans les cieux n'ayant qu'une patrie,
» Exhalent tous ensemble et pour l'éternité,
» Gloire à Dieu, gloire aux rois, gloire à l'humanité! »

N'oubliez pas l'auteur, lecteurs, dans vos prières,
Ni tous ses vœux pour vous, dans ces vers éphémères!

Il va bientôt compter au pied de l'Eternel,
Les lauriers à chacun plantés sur votre autel.
Tandis que vos vertus y préparent vos places,
Pour gagner la dernière, obtenez-lui les grâces.
Vos étrennes seront dignes du magasin
Où Dieu, pour l'or impur, nous offre son or fin.
Que dix-huit cent vingt-neuf, aux âmes égarées,
Prodigue du Léthé les ondes épurées;
Surtout à l'égoïsme, à ce froid talisman,
Piége pour Mardochée où va se prendre Aman.
Le nombre des *Amans*, pour un seul Mardochée,
Nous fasse tous rentrer en notre âme touchée,
Pour nous placer au rang où toutes les vertus
Puissent nous élever au bonheur des élus,
Nous disposent surtout, réciproques apôtres,
A travailler chacun pour le bonheur des autres.
Pour mon compte, c'est-là tout ce que j'ai voulu,
Brûlant qu'à mes lecteurs leurs étrennes aient plu.
Elles ne seront pas pour leur auteur sans gloire,
Quoique nulles au Pinde et *zéro* dans l'histoire;
Lecteurs, vous ferez grâce, au défaut de talent,
En faveur d'HYACINTHE et de ses sentimens,
Au mandement sacré que notre église admire,
Et qu'en le prédisant, je prévoyais peu lire :
La cour, le grand prélat, la charte et leur clergé,
Du ciel nous voulons tous ce pacte protégé.
Hyacinthe, ô ma mère! HYACINTHE, ô mon père!
Votre commun patron protège ma prière!

Mère à qui ton Xavier doit le souffle divin !
Père spirituel vers ma céleste fin,
Ne cessons d'implorer la puissance suprême ;
Que la charte et nos rois, grands, d'un seul diadême,
Légitimes, féconds, aux feux de son conseil,
Brillent comme nos prés aux ardeurs du soleil ;
Et durables autant que les divins auspices,
A la gloire de tous les jugeront propices.

FIN.

RETRAITE

A SAINT-ÉTIENNE-DU-MONT,

TERMINÉE LE 4 AVRIL 1829.

Politique céleste, habile apostolat,
Angélique semaine, aigle au rapide éclat!
De l'an dernier ma voix aujourd'hui hors de *presse*
Proclame en l'OLIVIER l'huile de la sagesse,
Parfum sur nos climats qu'elle sème d'élus,
De sa suavité, balsamiques vertus;
A l'autel si honni, que l'enfer calomnie,
Elle ranime un peuple, avec le PAIN qu'il nie;
Aux cœurs français, tout feu, pour Dieu, pour leur pays,
Montre la grâce au front du fils de Saint-Louis,
Leur fait bénir la croix et le trône et la charte,
Dont clergé, ni laïc, nul dès-lors ne s'écarte.
La voix des bons pasteurs concourt à ce succès!
La mienne, à ce triomphe, a gagné son procès.

ENVOI.

Lis-moi, lis-moi, vertu, de chaque rang l'honneur!
Fiel vers les seuls écarts, miel, encens à ton cœur,
Pour nous préserver d'eux, ma muse les assiége;
Si ton accueil L'ANIME, elle a gagné le siége.

ERRATA.

Pag. 37, vingt-quatrième vers, Pour les peuples ci-bas; *lisez :* si bas.

39, quatorzième vers, Par le même chemin; *lisez :* Par les mêmes chemins.

44, vingtième vers, Donc Dieu; *lisez :* Dont Dieu.

46, troisième vers, saints; *lisez :* sains.

48, neuvième vers, *mettez* une virgule après Dieu rêve.

www.ingramcontent.com/pod-product-compliance
Ingram Content Group UK Ltd.
Pitfield, Milton Keynes, MK11 3LW, UK
UKHW021144220726
13924UKWH00003B/1011

9 782019 927226